あんパンのしょうめい

まどさんとさかたさんのことばあそびIV

え・かみや しん

もくじ

まどさんのことばあそび

さかたさんのことばあそび

そうてい・かみやしん／百田昌代

あんパンのしょうめい

まどさんとさかたさんのことばあそびⅣ

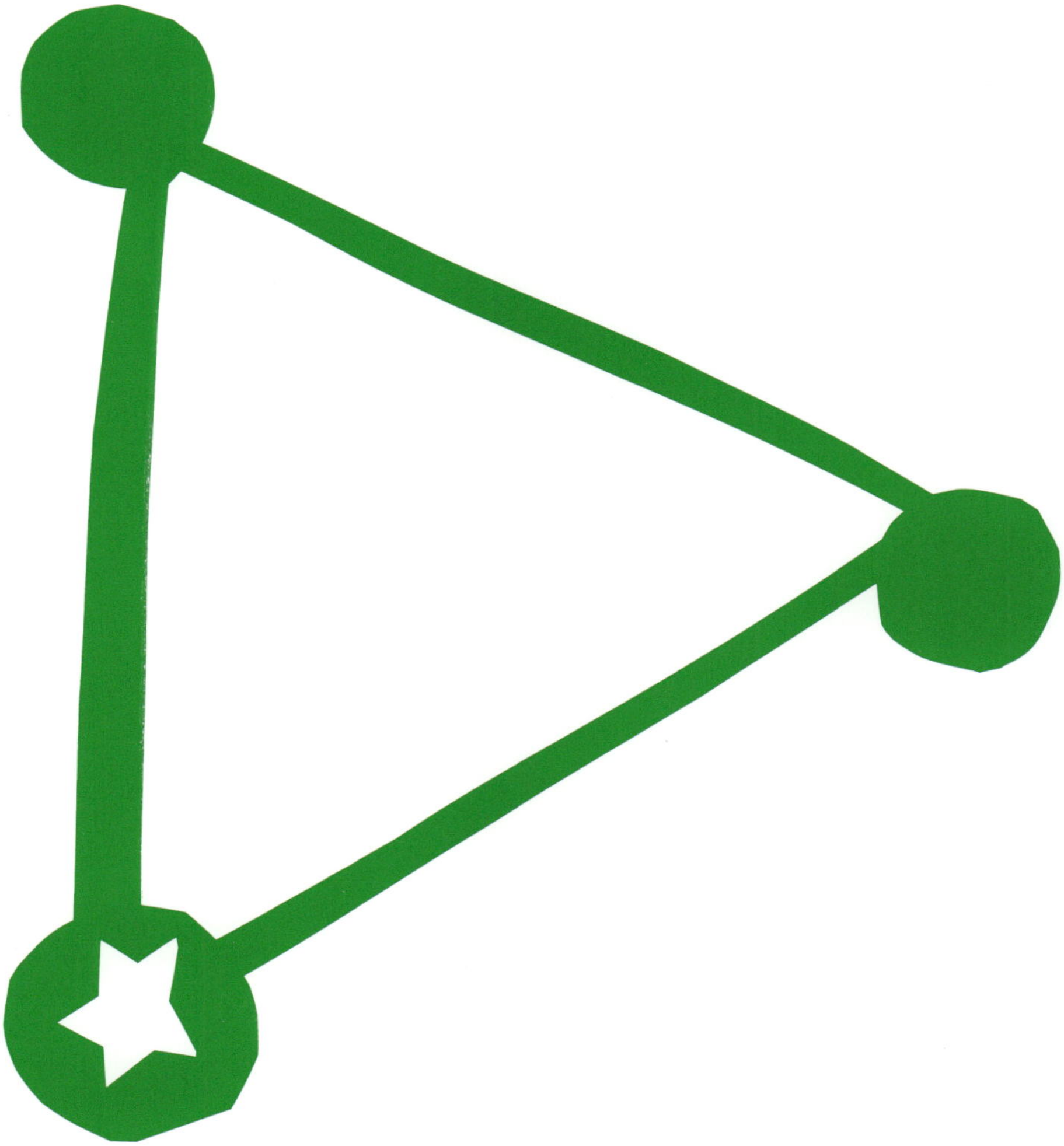

ヌ

まど・みちお

ひまな
クギヌキに
クギを　ぬかれて
うん　わるく
クヌギは
ヌに
なってしまった
ひとり
なき　なき
ナニネ　ナニネと
なかまを　よんだが
いつか
ノを
さがして
かけて　かけて
ノに
きえていった

「ヌケタノ」

キ

阪田寛夫

キは　カタカナだが
ほんとはとんぼ
二まいばねのヒコーキだったときもあって
すきとおったくうきがスキ
あきがスキ
　キキ
　キ
と、ならぶとキレイ
　　キ
　　キ
　キ
だと、なおキレイって
セキレイがキスしにきたきた　キタ！
キキいっぱつ
ヒコーキになってキィ――――ン…

二まいばねのヒコーキ＝むかしの複葉《ふくよう》プロペラ機《き》

「キキトレル」

アジサイ

まど・みちお

さいたまに
たまたま　さいた
タマアジサイが
いま　また　さいた
さいたまに
たんまりみていると
ああ　じっさい　みごと

さいたまに
タマアジサイが
さいた　まに
やまがたにも　さいた
ヤマアジサイが
たまさかに　みていると
ああ　じっさい　みごと

「ガクがあるね」

そよかぜとなのはな

阪田寛夫

おぼろづきよに
そよかぜが
よかぜとなって
そよろ　そよろと
そよぎだすと
かわいそーよ
よそゆき　うすぎの
なのはな　まっさお
そのよの　そーだん
「はなびら　よそーよ」
「そーね　よそーよ」
「そーよ　そーよ」と
あおいちょーちょに
なっちゃったぞよ

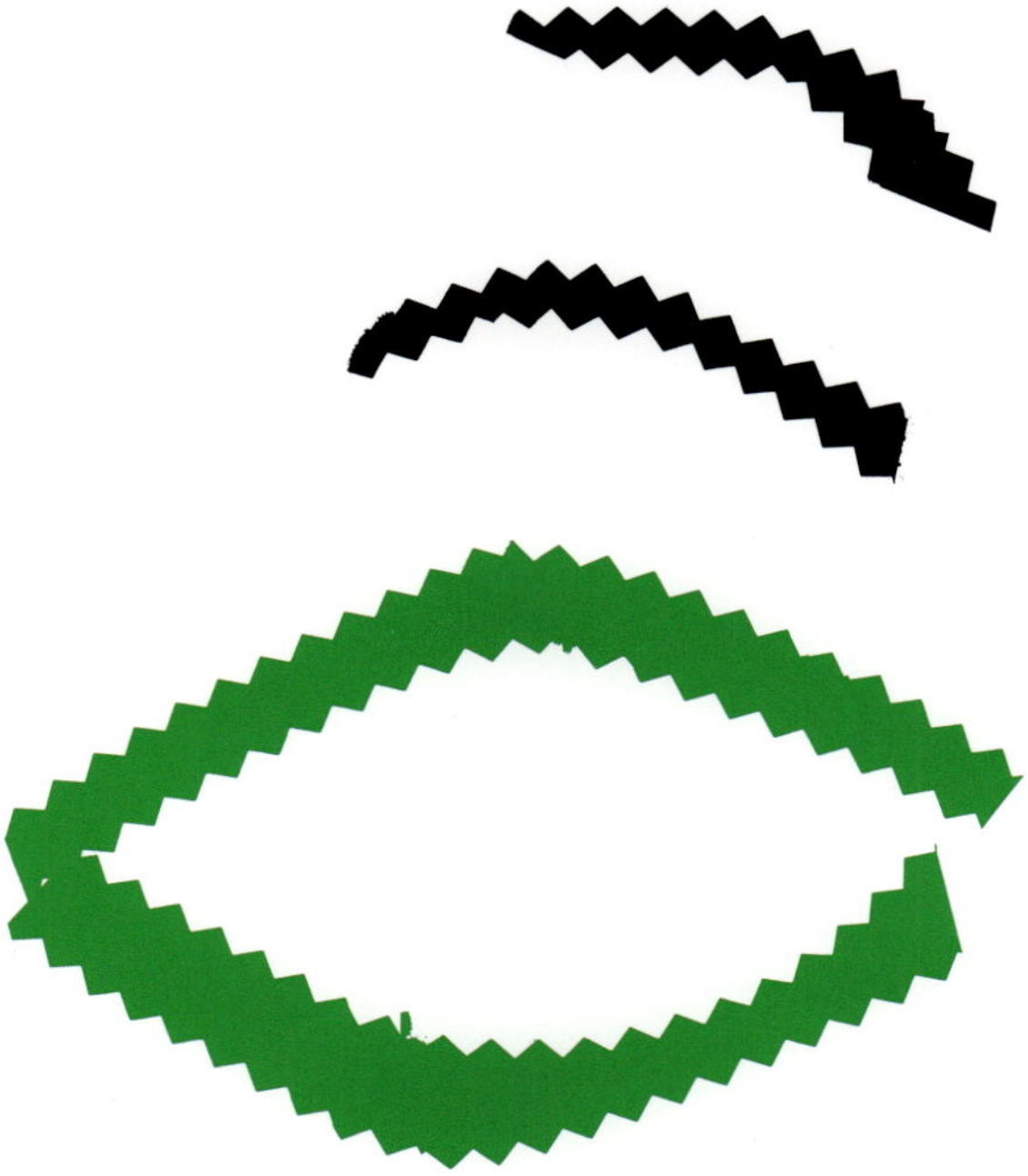

「うっそーよ」

あんパンのしょうめい

まど・みちお

あんパンは　なぜあんパンか
あんが　パンだからだ　いうならば
あんさえがパンの　あんなしの
あんしんな　くさりにくい
あんぜん　だい一のパンこそが
あんパンなのさと
あんパンはかせとして　ゆうめいな
アン・ポンタンしが　しょうめいした

あんパンは　あんがパンだから
あんパンなのだが
あんがいに　パンがあんなのも
あって　それこそが　パンなしの
あまくて　ほっぺたおちる
あんパン一の　あんパンなのさと
あんパンはかせとして　にほん一の
アンポン・タンしが　しょうめいした

「あんたのパン」

とれパン

阪田寛夫

とれパンのパンは
パンツのパンだから
もしとれパンが
ほんとにとれやすいパンツであるようだと
はいているひとがこまっちゃう
せめてずるパンと、なまえをかえようと
とれパンこうばのしゃちょうさんがいった
おこったのがパンしんぶんのかたパンきしゃ
パンつくりには「ずる」なんかいないぞ
みんないのちがけの「いのパン」だ、って
こてんぱんに、やっつけた
それみておこったほんとのパンダ
いのパンダとは、いったいなんだ
パンダはパンダだ、いのししじゃないぞ
よけいなことばはとれ、とれ、とれー！
けっきょくとれパンは、とれパンにぎゃくもどり
いまもバンバンとれーにんぐちゅう

「ちゅうとはんパン」

とんでいった

まど・みちお

トンボのボンタが
たんぼに　ふん　おとした
トボン！　と　ちいさな　かわいい
とぼけた　おとがした

トンボの　ボンコも
たんぼに　ふん　おとした
ホトン！　と　ほんとに　ちいさな
まあるい　おとがした

それから　ボンタと　ボンコは
なかよくならんで　それは　それは
いい　かおで　スーイ　スーイと
とんでいった

「WC」

おっとせい

阪田寛夫

おっとせい
おっとこせい
ジャンプ・アンド・ナイス・キャッチ
らっかせい

おっとせい
じっとせい
あかちゃんなかすな
だっこせい

おっとせい
すきっとせい
どうぶつえんから
ひっこせい

おっとせい
おっことせい
きたのそらから
ほっきょくせい

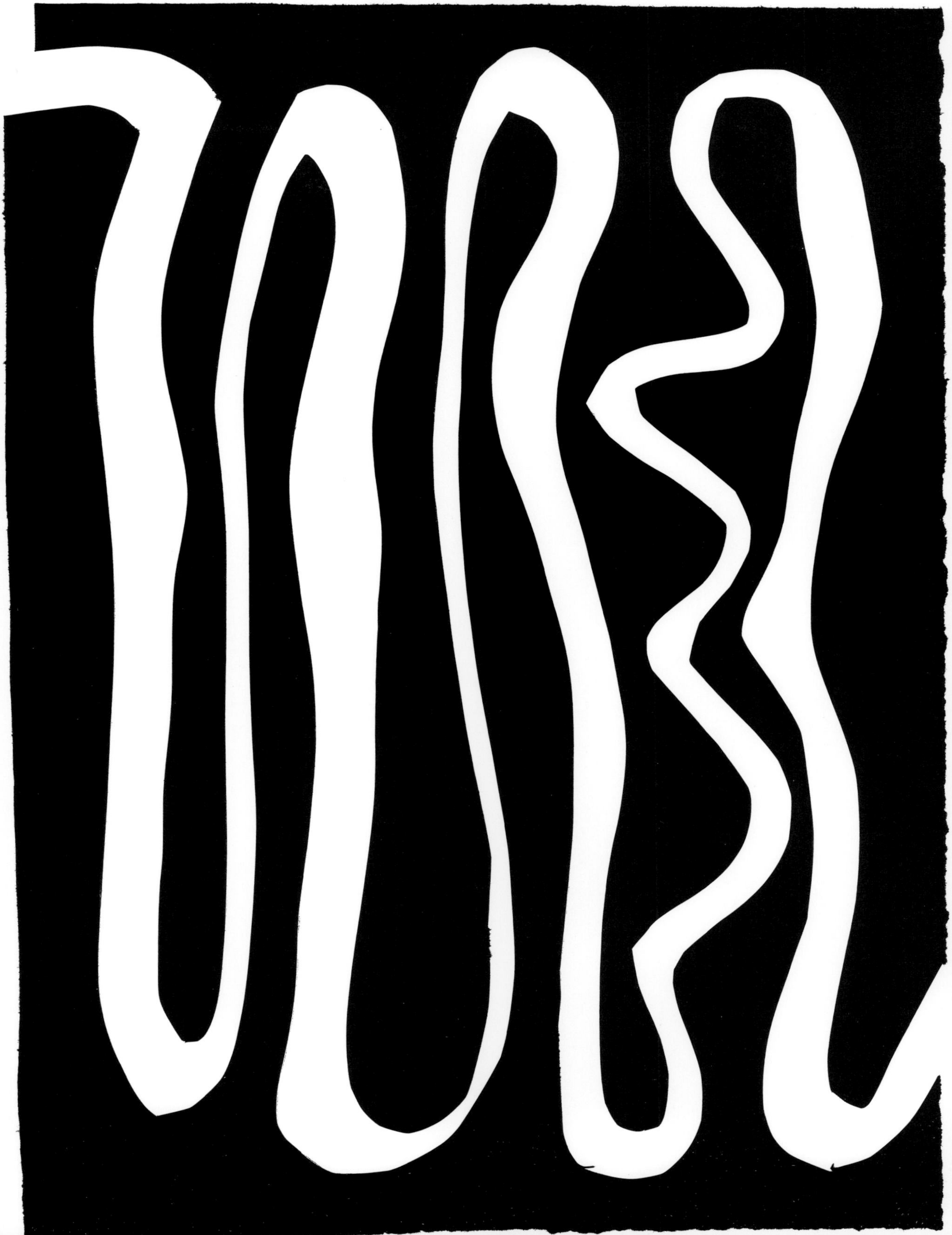

キュウリがな

まど・みちお

キュウリがな　れんきゅうに
やきゅうして　だっきゅうした
きゅうきゅうしゃで
きゅういんに　はこばれて
きゅうを　すえられた
だっきゅうに　きゅうがきくとは
きゅうには　しんじられないが
キュウリは　そのやけどのためにまた
きゅうきゅうしゃで　こんどは
じたくに　かえされたが
キュウリのパパが　オシッコかけてやると
ききめ　てきめん
きゅうっ　じゅっ！　とゆげがあがり
だっきゅうも　やけども
きゅうてんちょっか　けしとんだそうな

「サンキュウ」

トマトのきりかた

阪田寛夫

トンマなトトさんいばって言った
トマトのはんたいはトマトだが
トマトのほんたいはトの字だと

マントのママさんまけてません
マの字こそトマトのまんなかざます
トの字はまわりのあまドざます

トト、トんでもねえや、このアマは
トの字にとりつくマだらのマじょめ
トットとでてけ　とトトさんどなる

ママさんたっぷり　マをとりまして
トマトからマをぬいてごらんあそばせ
おやまあトトちゃん、まぬけのおトト

トトさんとうとうナイフをとりだし
トマトのまんなか　マよこにわぎり！
あらまびっくり、トマトのなかみは

あまド＝雨戸

なかみは
「マトマトマトマトマ」

としよりの

まど・みちお

としよりの　ひやみず
あぶないでーす

としよりの　にわみず
さわやかでーす

としよりの　しわみず
めずらしいでーす

としよりの　いやみずき
きらわれまーす

としよりの　ニヤミス
おっかないでーす

としよりの　あんみつ
めがないでーす

「としよりのみみず」

唱《しょう》歌《か》

阪田寛夫

しょうかはむかし　しょうがといった
しょうやらふえの　けいこのうただ
トーレーラールロ　これしょうが
うたってフシを　おぼえたでしょうが！

だって　めいじの　しょうがっこうでは
おんがくのじゅぎょうを　しょうかといった
しょうかのじかんは　しょうかのほんに
のってるしょうかを　うたわなかったでしょうか？

しょうかだ　しょうがだ　どっちもゆずらず
しょうこをしめせと　つめよったが
おもいつめてもしょうがない
みんなでのんびり　うたいましょうか

もういーくつねると　おしょうがつ……

しょう＝笙《しょう》（雅《が》楽《がく》のための管楽器《かんがっき》）

「しょうか、あっ、ちんか」

あすは

まど・みちお

あすは　あすらしく
あさから　あしで　あるこう
あせかいて　あの　あその
あちら　こちら　そちらを　あまねく

いまは　いまらしく
いまを　いそしもう
いつも　いないかのように　いる
「イネムリ」だいて
いえで　いびきでも　かいて

ゆうべは　ゆうべらしく
ゆぶねにつかり　ゆげにまみれて
いねむりしてな　ゆめをみてな
あのゆうれいとも　あそんだからさ

あそ＝熊本県《くまもとけん》の阿蘇山《あそさん》
イネムリ＝犬の名

「それなりにそれらしく」

ねぎさんぼん

阪田寛夫

やぎりの　おみやの
ねぎさんに
おみやげもらった
ねぎさんぼん

やぎりのわたしの
やぎさんに
よぎりに　まぎれて
ちぎりとられた
ねぎさんぼん

ねぎさん
やさしく　ねぎらって
また　おみやげに
ねぎさんぼん

ねぎ＝禰宜《ねぎ》（神主《かんぬし》の下の役《やく》をする人）

「ぎりでもねぎって」

かれらわかもの

まど・みちお

かわらに　やってきて
かわら　かっぽして
かわら　わる　かれらわかもの
かわら　かさねて　みんごと　わる
からてで　つぱっと　ふたつに…
かんら　からから　わらう

かたに　たわら　うんこらしょっと
かつぎあげて　かつぎこらえて
かれらわかもの　けいだいを　かける
かける　かける　こらえ　こらえ
かけおえて　グッバイ　たわら！
かんら　からから　わらう

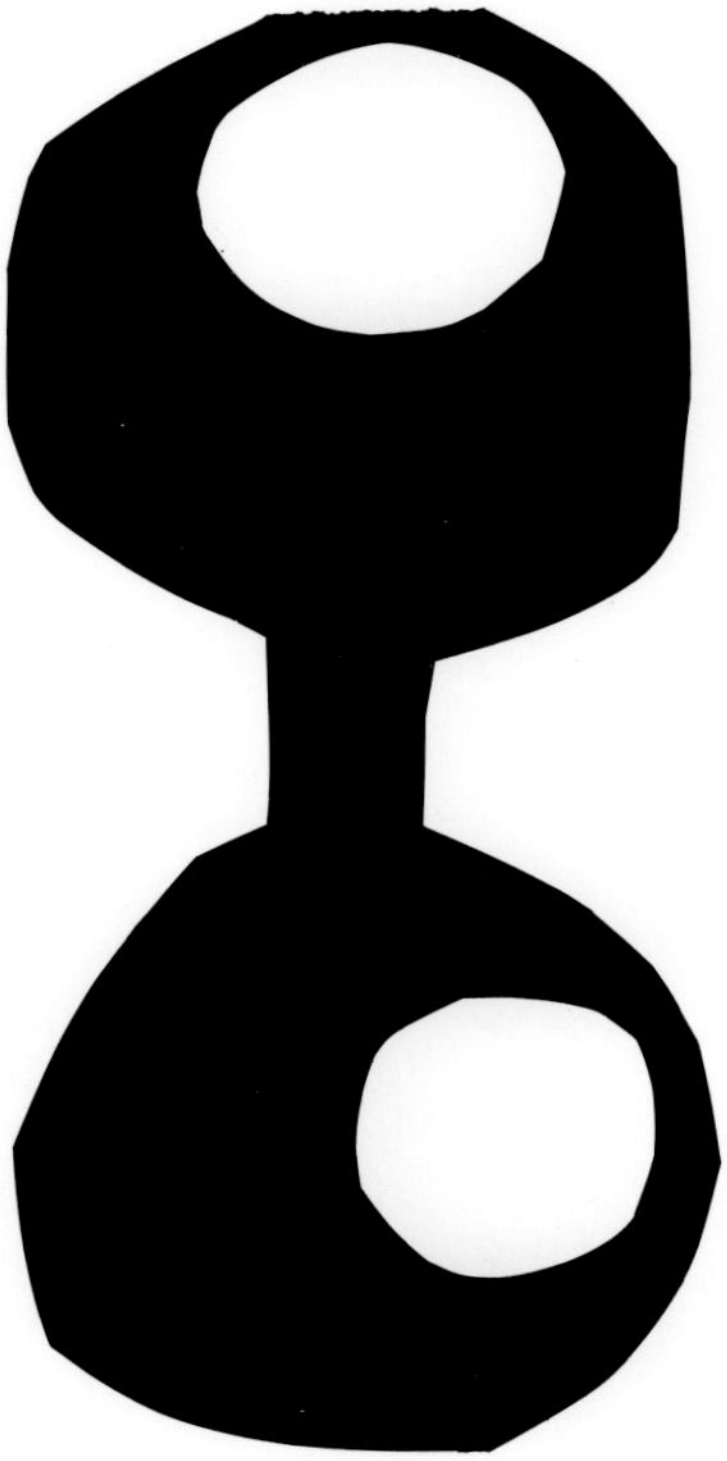

「アレー、まあ」

われらろうじん

阪田寛夫

われらろうじん　こどものめからは
ロウにんぎょうに　みえるだろう
ロウでかためた　ろうごのかおは
ろくねんまえから　わろうたままだ

われらろうじん　こころはこども
ろうじんかいで「どうよう」うたえば
なみだがおろろん　おろろんよう
「ろうよう」だろうと　わらわれる

われらろうじん　こどもみてると
こころはもえて　ロウがゆるんだ
ロージンバッグで　すべりどめつけて
まつのろうぼく　よじのぼれえ

われらろうじん　こねことおなじ
のぼれるけれど　おりられない
うろうろおろおろ　こえだけろうろう
われらこまった　おろしてくれろう

ロージンバッグ＝松ヤニで作る粉《こな》（ロージン）を入れた布《ぬの》ぶくろ。
すべりどめに野球の選手《せんしゅ》が指やてのひらにぬる。

「ろうこつ、むちうて」

てんの　一《ひと》はけ

まど・みちお

スズメたちが
スズメたちどうし
すすめたり　すすめられたりして
すすみでては　すずんでいる
スズカケなみきの
すずかぜに

すなおな　スズメたち
すきとおる　スズカケノキたち
すべて　てんの　てになる
すいぼくが！
むねの
すく
一《ひと》はけ！

「テンカタイヘイ」

アカシヤ

阪田寛夫

このみちの　なみきは?
あかしや

いつうえたの
むかしや

てまえの　みせは
おかしや

みせの　なまえは
あかしや

はやりそうな　おみせね
あかじや

あなた　かんさいうまれ?
あかしや

もいちどきくけど
このみちの　なみきは?(2行目にかえる)

「はやしや」

バナナとオナラ

まど・みちお

バナナのながバナナならば
オナラのななら
オナラならん　ならば
ならんだバナナのオナラのななら
ならんだバナナらのオナラらならん
ならないバナナはなぜたべられないか
ならないオナラもオナラなのに

ならの　はる
バラ　さいて
バラライカ　かきならすは
あれは　しゅんらい　てんのオナラ
ならば　くわばら　くわばらら
らくらい　らくらい　さよならら
さよなら　ならなら　はる　うらら

「ならずもの」

しかのふん

阪田寛夫

「ならには　しかしか　いないとおもったら
うまもいるんだ　たしかにな」
と、はなしかが　みんなをわらわせた
しかたなく　しかもわらった

「しかのふんは　おかしのなまえだが
しかせんべいはまずい　しかしかくえない」
しかは　こんどは　かおしかめ
はなしかを　にらむしかなかった
バカ！　としかれないのが　くやしかった

もうひとつ　さびしかったのは
じぶんのふんを　かしおりにしっかりつめ
そのはなしかにおくりつけるまえ
うっかりひとつぶ　ししょくしかけたこと

はなしか＝落語家《らくごか》
しかのふん＝奈良《なら》の菓子《かし》の名

「かくかくしかじか」

あめむめも

まど・みちお

あめだまに　わらい
まめだまに　ぱちくりめ
おめだまに　うつむき
おおめだまに　なきわめく
のでは　だめだ　だめだめだ

めが　めか　だめか　よくよくみて
めがまだ　まめで　めだまも　まめで
まめなめだまが　めだまのたまか
まだまだ　あめで　たまではないか
なめて　ためして　あめむめも

なめあめむめも　なめむみも
むめむめ　なめなめ
あめむみも　ほいほい

遠藤和多利氏に「あめだまおめだま」という童謡作品があります。

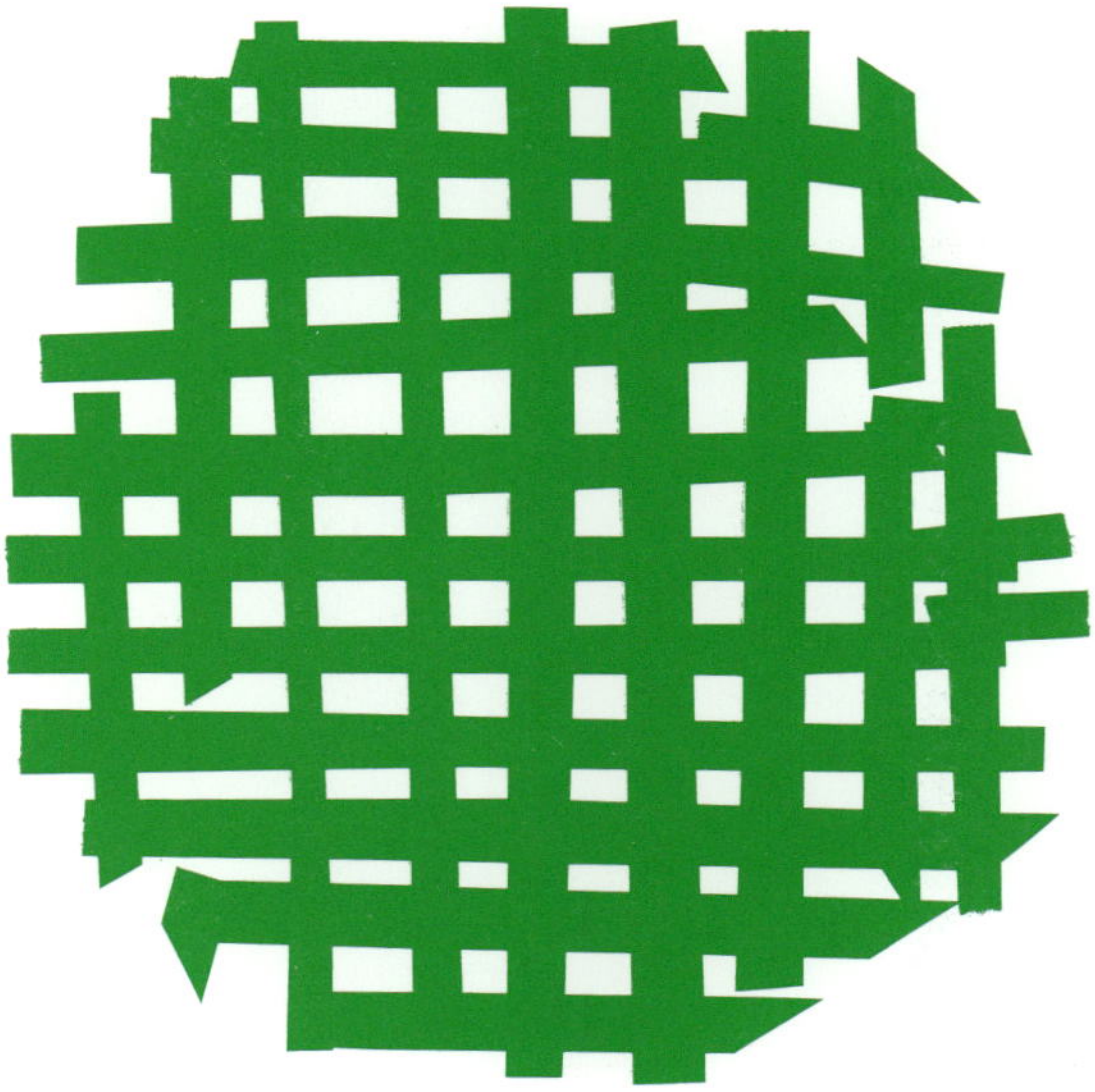

「あみめも　あむめも」

ワルツをどうぞ

阪田寛夫

トラック　つんだった
きしゃ　しゅっぽっぽ
でんしゃ　がったんこ
サーカスだんちょう　じんたった
しょじょじのタヌキ　ぽんぽこぽん
ぶんぶくちゃがまのタヌキ　ぶんちゃっちゃ
ただのタヌキ　だ・だ・だ
てんてんてんまり　とんでった
おてらのおしょさん　なんまいだ
こうどうかんでは　ずっでんどう
かくれんぼするこ　じゃんけんぽん
ずいずいずっころばし　とっぴんしゃん
かたあしとびで　けんけんぱー
ゆうひのワルツ　まっかっか
きみのさいふは　すっからかん
ネコ　ふんじゃった

「ワルソー」

ニンジンやけのうた

まど・みちお

ニンジンはやさいのなかでも
にこやかでにぎやかでにんきがある
にんしんちゅうのニンジンかあさんは
とくべつにだいじにされちやほやされる
ニンジンのあかちゃんおもうとみんな
にこにこせずにはいられないんだ
ダイコンもゴボウもジャガイモもあの
ショウガまでがあかちゃん
だっこさせてもらおうとねらってるんだ
その日うぶごえがあがるや
にしのそらのニンジンやけはそのまま
にしのうみにもうつってみんながうたう
ニンジンやけのうたにあわせて
にゅうっとおかおをだされるのは
にしのはんたいのひがしのそらの
にっこりまんまるおつきさまだ

「ナントイウヒ」

ぴよぴよ

阪田寛夫

パパちゃん　よっぴて　いっぱいのんで
よっぱらってぺっぺの　ピンクちゃん
のっぱらにねころび　とっぴなくちぶえ
ぴーよぴーよと　あさまでふいた
ぱたぱた　ははどり　ききつけて
パパちゃんに　けむしをたべさせる
ぺっぺっぺっと　はこうとしたのに
ぴーよぴーよと　ないちゃうもんで
ははどり　ハッピー　けむしのおかわり
たすけてヘルプ！　とわめいたつもりが
くちもとしまらず　ぴーぴよぴぴよ！
パパちゃんはもはや　ピンクのことり
みなさん　あさっぱらから　ぴよぴよなくのは
あれはパパちゃん
よっぴて　よっぱらった　かわいいことり

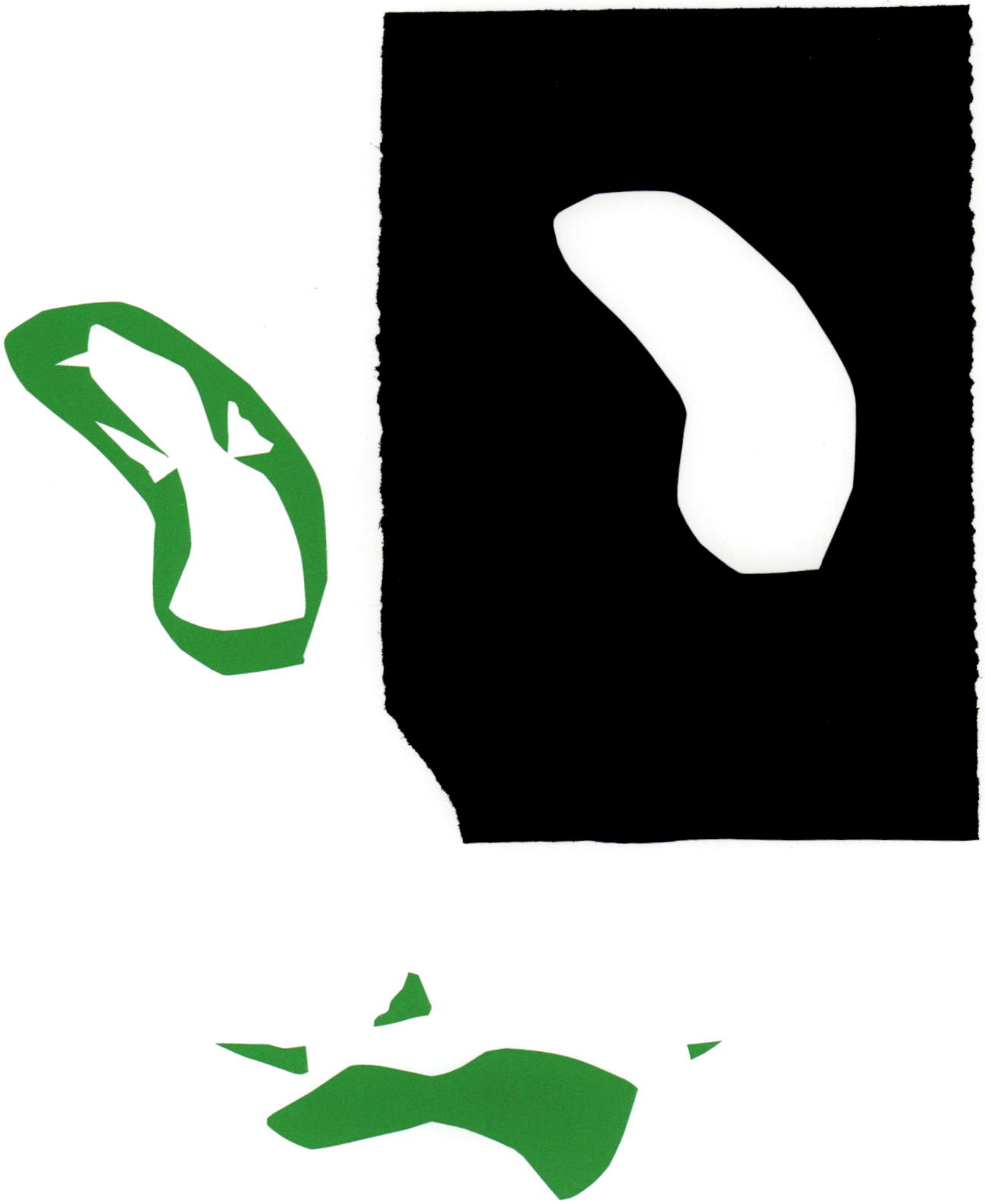

「よっぴてだっぴ」

まど・みちお
1909年山口県徳山に生まれる。戦後童謡の代表作とされる「ぞうさん」をはじめ「やぎさんゆうびん」「ドロップスのうた」など多くの童謡のほか，「たんぽぽヘリコプター」「まど・みちお全詩集」など。

かみや しん（上矢　津）
1942年東京に生まれる。「円」を考える抽象画家。自然と美術の関わりをわかりやすく児童書にも展開。「百年の蟬」「みんなのいいぶん」「ねこもあるけば」「みつけたよ！　自然のたからもの」など。

阪田寛夫（さかた ひろお）
1925年大阪に生まれる。朝日放送を経て著述に専念。1975年「土の器」で芥川賞受賞。童謡に「サッちゃん」「おなかのへるうた」など，小説に「まどさん」，詩集に「ばんがれマーチ」などがある。

＊「あすは」の一部を初版より改稿しました。

あんパンのしょうめい　こみねのえほん　55p　25cm　**NDC911**

2003年５月20日　第１刷発行　　2016年４月５日　第４刷発行
詩／まど・みちお　阪田寛夫《さかたひろお》　絵／かみや しん
発行者／小峰紀雄
発行所／小峰書店　〒162-0066 東京都新宿区市谷台町4-15
☎03-3357-3521　FAX03-3357-1027
http://www.komineshoten.co.jp/
組版／(株)タイプアンドたいぽ　印刷／(株)三秀舎　製本／小高製本工業(株)

ISBN978-4-338-06022-6